U0044499

愛與寂寥都曾經發生

李長青——著

愛與寂寥都曾是／神秘的星球／潮汐著，生活的歧義
悅耳動聽肅穆淡然／都曾是無盡華麗的發音

愛與寂寥都曾經／熱切而真實的發聲
儘管星光褪盡／記憶的沙灘／輾轉了醒與睡的海岸

愛與寂寥都曾經發生／悲切而嫻熟的發生

斑馬線
Zebra crossing Publishing

目錄

輯二　決心

輯三　便利貼

輯五　淨土宗

【推薦序一】

讓整個世界綻放——讀《愛與寂寥都曾經發生》

◎凌性傑

印象中的長青一直是帥氣的，他的人與詩都散發一股偶像氣質，優雅而令人喜歡。我從長青的第一本詩集《落葉集》便開始關注他，持續閱讀他的創作成果，頗能明白他對詩的一往情深。得獎無數的他，始終保有一顆真摯的詩心，在生活的皺褶中記下那些愛與寂寥。他的語言技巧圓熟，幾乎沒有什麼題材不能寫。更讓人敬佩的是，長青的創作跨越華語、台語，在不同的語言系統裡建構出專屬於他自己的心靈世界。此外，他編選的散文詩選輯也蘊含獨到的品味，寄託了對詩的看法。

我以為，文學作品可能形式各異，但都負擔了傳達與溝通的任務。所有語文形式中，詩可能不是最有效益的溝通形式，但卻是最具美感的溝通。這份美感既來自於字句音韻，更來自於虔敬真誠的愛意。對世界實有所愛的人，就會喜歡詩。以詩的形式理解自己、理解他人、理解世界，這過程就是最大的報償。寫詩的時候，最大的受益者就是自己。

《愛與寂寥都曾經發生》收錄的作品，呈現了最典型的李長青，他透過詩與世界的對話，語句乾淨簡潔，用日常生活語言道出了一種超越的美學。詩集裡的這些句子彷彿星光閃耀，讓人神往：

「愛與寂寥都曾是／神秘的星球／潮汐著，生活的歧義／悅耳動聽肅穆淡然／都曾是無盡華麗的發音」

「當生活的紛擾／與皺摺，一次一次／讓沉默的擁抱熨平……」

「持續注視心中／透徹的遠方，所有陌生的／聲響，讓整個世界綻放」

諸如此類的概念與聲音結構，極具穿透力，輕易便能撥動讀者的心弦。一個創作者苦心經營之下，如長青的詩句所述，是可以讓整個世界綻放的。

儘管與長青無法常常相聚，但是每次碰面都是無比熱切興奮，想將心裡所有事都說給對方聽。我認定的男性情誼往往如此，即使多年不見，也不會減損對彼此的喜愛。尤其難得的是，我們有默契地彼此珍惜，傳個訊息、撥通電話就能相互慰藉。與長青談話的時候，呈現的是一種未曾出現在作品中的詩意。我們嘲弄生活、對悲傷的事幽默以待，長青即便說出再怎麼言不及義的話語，都可以成為帶有詼諧趣味的詩。

這本《愛與寂寥都曾經發生》收錄的作品，大抵可以看出長青努力的軌跡。某些詩後面的附記，讓我們更能理解一個詩人是如何熱愛他的語言世界。我喜歡這本詩集的澄澈敦厚，以及滿滿的眷戀。這或許也正是李長青與他的詩最迷人的地方。

【推薦序二】

愛與寂寥，都是這些小日子裡的角落的身影

◎黃文成

一日下午，我走進台中海線偏遠某一便利店提款機領錢。那時，陽光燦燦從整片落地窗灑下，手推開玻璃門時即看見一男子，這男子上身簡單穿著裝扮，這男子穿著藍白拖，靜靜地吃著小小甜食，這男子安靜且專心地享食著食物。我輕聲地走過，小心地確認，確定是他。多日後，我跟長青談及那日光景，他說，那男子，是他。

他問，怎沒打招呼？因為這個時間跟空間，專屬於你個人獨處時間，我說。我們之間的關係，就這麼在這彼此理解、純粹與無憂的氛圍裡，兩人從年少到現在。而《愛與寂寥都曾經發生》是長青第八本詩集，驅動文字的力道，越發醇沉而自然，我在他所寫下詩文與詩意的序列裡，重新檢

視了文字能發散出的幅度有多大，與文字的蘊蓄的宇宙空間有多迷人。

長青的詩，總有那一股危險的柔情迷漫詩句間，讀其詩，常誘使讀者落入文字裡的呼吸與開闔而忘了出陣列，讀者著迷在其文字陣列裡，最後失了魂。因為李長青常常用文字叩問世間裡的最純粹，但也最心碎。如在〈悔情書〉裡就這樣寫著：

當飛鳥帶來你的消息
我已蒼老，翻不動字典
裡頭關於愛的釋義

這個冬季
我默念曾經跋扈的字跡
盤點星夜燦爛
那些不規則的光點

我已遺不動筆
那重量多麼抽象
多麼健忘，我曾多麼
懷疑，它們如何
旋起整座世界的遺跡

如此輕靈文字就旋起如史詩般濃厚情感，這需要耗費大量青春的錘煉，才能表現如此純熟且自然。李長青的詩，往往讓閱讀者獨自在詩的陣列裡迷失了魂，只因他在詩的語意轉角，隨意一揮擺設下的文字陣列，就是一陣驚豔。而這樣的驚豔，不僅僅是長青文字靈魂，更是他精神向度內在的外顯與照映。

但李長青的作品又常常反映了他人生裡的「現實感」，只是他處理「現實感」的方式，不以直球對戰，還是以溫婉的指涉、來言說他對這世間的焦慮感。《愛與寂寥都曾經發生》裡的作品，多見以對話或給他者為詩的作品，在「輯三．便利貼」集結了多首，自成一系列作品，這系列作品，以對話陳述自己內在對世界美好的想像，詩句充滿了幸福、美好、童話、甜美、甜心、馨香等語字。這些語字所漩出的語境，顯然失真且非現實，但這就是李長青在這現實令人失望時局中，還是願意保有那一點純真建構出來的語意情境，召喚美好純真的年代，給讀者，給自己。

這樣的美好，漸漸失去身影，而美好身影的失去，不僅是人性裡內在世界觀與價值，對臺灣所能展現的正向能量不斷消失的擔憂，也出現李長青作品的「現實感」裡，他奮力地用召喚詩魂裡的純真方陣來抵禦這一洪流的侵襲，優雅但藏鋒利。所以，我們又常見他在這紛亂的世界裡，多次試著召喚出台灣文學裡巨人的身影，成為他文學這方天地裡可倚靠的力量，且以文字來向台灣文壇巨人致敬。如〈練習曲——聽王文興談《家變》〉一詩即是對王文興先生致意，詩文如下：

像白雲梳過
時間的灘頭

像蕭邦練習曲
首章，你說
即是松鼠的大尾
包捲一切
灰色的和諧

行行重行行
不斷追尋，重複的
音階

從這致敬作品裡，我們深深地感受李長青對於文字自我要求與文學純度，何其深，何其純，他也常以詩來訴說自己內在精神，如〈自己就能形成一座島嶼〉：

風暴將至

無以為繼

雷鳴盪漾黑白游移
逆射，宇宙核心

我該如何穿越
或者綻放
朦朧的距離

飄飄忽然
有如大夢
一葉自足的行雲
猶見波浪之上
洶湧著彩色獨幕劇

文學的力量，詩的能量，李長青展演了一種文學裡深沉而美好的力量，給閱讀者，給他自己。

回想那日，遇見穿藍白拖的長青，靜默地在便利店裡雙手捧著小甜點。那當下，藍白拖、小甜點與午后燦爛的陽光，同在一個框框內的記憶，曾是我的小日子裡的日常，在這樣日常裡的長青的身影，就這麼不經意地烙在我腦海，成了一首短短既有溫暖又是如此甜蜜的詩。而在《愛與寂寥都曾經發生》這詩集裡充滿意象或鮮明或艱深，不管哪種，愛與寂寥所呈顯的文學意象，都是李長青對這世間的凝視與詮釋。而我在文字的這端崖間，仰望文學裡的那片晴空，正長青。

【推薦序三】

不惑・抒歎

◎解昆樺

長青與我於二〇〇〇年初相識，那時我們俱當年少，以詩論交，相識至今。由於我任職於臺中市南區中興大學，長青則住於臺中市大里區，兩區不過左近。加以近年臺中文化局創設臺中文學館，公眾文學與詩活動豐富，我們時相往來、聚會。有時竟也想及一九二〇年代，聚集於中國浙江上虞白馬湖畔，在春暉中學任教以及周遭生活的白馬湖作家群，或許彼此當能交互琢磨詩藝。只是如今讀長青詩集《愛與寂寥都曾經發生》「輯三　便利貼」中，分別寫給妻子與兩位兒子之真摯詩作，才警覺彼此不再年少，各自成家，兒女忽成行，與詩共為生活之恆常。

長年讀長青詩作，若言其風格，我個人覺得乃在長於意象抒歎。相對於臺灣現代詩扛鼎詩人楊牧，由中國古詩與西洋詩句段落形式，形就出其迴環疊盪之音樂感。長青詩作抒歎的音樂感，顯然來自於其作為母語的台語，本身在音韻聲情上的豐沛性。可以發現《愛與寂寥都曾經發生》中兼具誦讀之作不少，例如〈昨日花葉〉、〈草的決心〉、〈給庭宇〉、〈耳語〉。

在此，且說一事以為佐證。二〇一八年臺中市舉辦世界花卉博覽會，臺中市文化局邀集臺灣詩人與畫家共創《花蜜釀的詩　百花詩集：臺灣原生篇》、《花蜜釀的詩　百花詩集：特色花卉篇》兩本詩畫集。在其中長青發表〈海洋的想像〉，我則發表〈孤挺花〉一詩。臺中文學館另外從《花蜜釀的詩》選了幾首詩，其中包括我與長青之詩作，舉辦了詩朗誦競賽，並邀請康原、長青與我擔任評審。

朗誦比賽前評審各述評選標準，我戲稱參賽者首先要籤運好，抽籤抽選不要抽中我的詩，最好都抽到長青的詩，這樣比較容易得名。要以我的詩較重詩意義的撞擊思辨，詩文字偏向緊緻；相較之下長青詩作語言感強烈，適宜朗誦者以語言發聲介入，進行詮釋。想想那日參賽者的籤運確實不錯，泰半都抽中了長青之詩，後來前三名得獎者也都朗誦其詩，而獲得評審推薦。

長青詩集同名詩作〈愛與寂寥都曾經發生〉，也很能展現這樣的抒歎特質。詩人如此寫到：

只要一個心事漲潮的
夜，整個世界
滄桑若隱若現

（它們不斷展延
流淌，翻騰，質變……
直到拓為
豐饒的月暈）

成為心的一隅

任何可能的天氣

愛與寂寥都曾是
神秘的星球
潮汐著，生活的歧義
悅耳動聽肅穆淡然
都曾是無盡華麗的發音

愛與寂寥都曾經
熱切而真實的發聲
儘管星光褪盡
記憶的沙灘
輾轉了醒與睡的海岸

愛與寂寥都曾經發生

全詩以「愛與寂寥」為核心進行發微，第二段括號中隱括心情與跡藏，特別是其又向後移了兩格，「它們」二字為起始標的，下面詩行在其對應位置之後鋪列。既仿若潮汐而退，卻又引人思索「它們」作為何者之代名？而後「愛與寂寥」被點出，釋讀者疑，又夾帶漸進漸吐之聲音。第四段言「愛與寂寥」曾是神秘星球，第五段言「愛與寂寥」曾經發聲，第六段終而帶出「愛與寂寥」曾經發生。發生與發聲，聲與生為同音字，是否聲音不只是主體之信號，而就是主體存有之本質？然而，那發聲與發生卻又如此悲切而嫻熟的重現，是否—我問道，我們終只是無可抵禦再返悲劇的英雄？

同屬一九七〇世代詩人，彼此生活近在咫尺，較之一般詩人倍感親切，時時看到其新作創發，以及相關榮譽。深深覺得「李長青」對我而言，實為一可參與、可感同身受、可隨其成長而欣喜的詩事件。二〇一八年初長青代表臺灣詩人，前往尼加拉瓜之古都格拉納達（Granada），參與第十四屆國際詩歌大會活動。長青擔任開幕詩作朗誦，臺灣駐尼加拉瓜大使偕其與尼國文藝人士多所交流。想臺灣能藉長青之詩，走向國際，我實深為感動。

同屆不惑，讀其新詩集，亦隨其抒歎，感悟往昔、來日，是為序。

輯一　愛與寂寥都曾經發生

風化

因而，我們的世界
非常接近
一種漂泊的狀態

曾經以為必須消逝的
此刻，仍在
心中游移（曾經
　以為時間，是一隻
　深沉的禿鷹）

那些翻湧的記憶

仍在遠方，以及更遠的地方
逐漸成為世界
的稜
角，成為你
成為我以及許多
沒有名沒有
姓的碎
屑……

那些必須完成的風化
仍在更遙遠的地方
曾經佇足，曾經注視
曾經峰巒曾經夢
曾經甘泉荒漠
曾經谷深而湖曾經沼澤瀑布

為了那些必須遺忘的時間
我們的世界，因而
非常接近
一種風化的狀態……

——二〇一二年二月十七日，聯合報．聯合副刊（D3版）
——二〇一二年三月四日，世界日報．世界副刊轉載
——選入《二〇一二台灣詩選》（台北：二魚文化事業有限公司，二〇一三年三月）

秩序
——於「台北藝術村」參觀霍剛畫室

它們靜靜傾訴
休止的琴音
書法，建築，金石，器皿……

它們靜靜存在
線條是組曲
變奏了色塊

它們說世界
是謎，是孤寂，無盡的
孤寂是我們的眼睛

我們的眼睛時而迷離
時而靜謐

秩序是詩句
是流離，變奏了
我們的心

——二〇一〇年八月十四日，聯合報．聯合副刊（D3版）

留白

必須靜靜想像
世界的部首，如何隱喻
那些未命名的光

當心緒成為一種漂泊的
文法，世界仍被鋪陳
被默默敘述
為陌生的邊框

觀露之如電
如留白，如波濤漫漶

泡影夢幻……
如蒼老的星宿遺忘日常
字跡混沌
青青草長

——《聯合文學》二七三期，二〇〇七年七月號

無法壞毀的昨天

何其正大
何其光明的那些
無法壞毀的昨天

靜靜躺成
沒有名字的漣漪

在無法壞毀的昨天裡
世界投注多少澎湃的情緒在其中
它們堅硬如鐵
柔弱似血

我如何悔恨

性格纂成一本字典
我在其中
翻閱

查詢並且牢記
陌生的自己，豐饒之歧義

我應當遵循
也可以忽略
部首裡那些無法壞毀的昨天
（而明天將何其正大
何其光明）

世界犄滿了角
昨天的我好不容易
一再受傷
一再復原……

——《聯合文學》二五七期，二〇〇六年三月號

昨日花葉

昨日花葉
也曾爽朗清硬
昨日花葉
也曾山風蛙鳴
昨日花葉
也曾散落微音
昨日已如花葉
竟有蘋果酒的香味

在時間裡翻攪
透明的哭笑……

——《創世紀》詩雜誌一六七期（二〇一一年六月）
——「二〇一三年山城詩歌節」朗誦作品

愛與寂寥都曾經發生

只要一個心事漲潮的
夜，整個世界
滄桑若隱若現

（它們不斷展延
流淌，翻騰，質變……
直到拓為
豐饒的月暈）

成為心的一隅
任何可能的天氣

愛與寂寥都曾是
神秘的星球
潮汐著，生活的歧義
悅耳動聽肅穆淡然
都曾是無盡華麗的發音

愛與寂寥都曾經
熱切而真實的發聲
儘管星光褪盡
記憶的沙灘
輾轉了醒與睡的海岸

愛與寂寥都曾經發生
悲切而嫻熟的發生

——《聯合文學》二九三期（二〇〇九年三月）

——收入張默主編，《現代百家詩選》（台北：爾雅出版社，二〇〇九年三月）

——收入張默編著，《台灣現代詩手抄本 MODERN POETRY MANUSCRIPTS OF TAIWAN》（台北：九歌出版社，二〇一四年一月）

午后

——關於「一」的練習

總是隱藏一些
安靜的爭辯

一些光明的程序已經日漸消瘦了
而一些光明的程序已經日漸消瘦了

許多青春的語彙
一一收進字典，例如
那一場驟雨
曾經多麼懊悔

例如這一切
讓風輕輕翻閱

——《聯合文學》二八〇期，二〇〇八年二月號

replay

在你我周圍
有些什麼
漸漸成為一切
興衰的交疊

甚至直指生命的
核心（其時我們無法確定
它們的其實
是無謂的
抑或綻裂的 replay）

仍必須景仰的
心中理想的世界

美麗的世界，破碎的世界
無辜的世界，多變的世界

直到我們
也漸漸成為一些什麼
□□的 replay

——《聯合文學》二九三期，二〇〇九年三月號

不具形狀的對談

像繆斯的口吻
隱隱然
迅捷而憂傷

像詩不斷存疑
生活的偏旁

持續注視心中
透徹的遠方，所有陌生的
聲響，讓整個世界綻放

像凋落的花
與葉，曾經諦聽
祈求，山巔的遙遠

像風雨的筆劃
不斷迂迴，無數當下
一次次驀然驚覺

前塵的記憶
無聲的美學

——《聯合文學》二八〇期，二〇〇八年二月號

時代

每一次中場
都以為是樂曲的終章
以為即將
付梓的詩行
音符參差起落
行雲的視窗
字句頓挫
或抑揚

內心的天氣仍有一些
思緒，默默展延
成為我們
共有的憂傷

——《風球》詩雜誌創刊號（二〇〇九年三月）

某星期日

關於某星期日任何一個
與詩意擁有密切關係的時刻
對抗不是辦法
我對著那一個模糊細小的
憾恨，輕聲說道

繼續提醒周遭
任何一座沉鬱幽黯的夢境
必須自己悄悄崩解
就連短暫的迷戀也要
作勢撲滅

亂碼裡傳來飄邈的誦經
英雄已逝，我想要表達的江湖
也已更為殘破

灰藍橘紅，黃黑寂然的
天空，街道與路人的沉默
逐漸混擬
融為這首詩的節奏

關於某星期日，我想
還有什麼好說的呢
總是記得
或忘記喝水，澆花，讀報
早與晚，觀看時光
如何玩弄影子

關於某星期日以外
任何一段與此刻形成疏離的
情節，沒有任何部分
必須保留

甚至僅僅只是
被過度強調的
巨大的荒蕪……

——《創世紀》詩雜誌一四四期，二〇〇五年秋季號

未來記事

群樹無聲
在邊界，天空有
稚齡的鳥悄悄
飛越

我們醒在時代朦朧的臉上
草原都睡了
低著頭，流星在許願

時間的氣味沒有血
未來的面貌

科技感鑲著古典

一片落葉

蓋住石頭靜默的五官

路都已經不是路了

已經不是神秘的去向已經不是

通達的想像，荊棘戴上

破不了的彩色氣球

深淵砌滿甜膩的高牆

未來的遊戲

如此昂揚

邊界冗長，走不出

天色的迷惘

已經沒有言語了
已經沒有傳遞沒有交換沒有暗喻
沒有被誤解的可能
彩虹孤成單色
夕陽也不接近黃昏

新的皺紋開始革命
路重新岔開我們
那些號誌卻不知道如何釐清
自己與整個
世界蒼茫若離的路徑

飄墜的雲
在邊界，黑白的夢紛紛
散去，低著頭

未知名的光點在掙扎

已經不是我們的
世界在掙扎，心思裡的
心思，弦外之
弦，已經不是我們的未來
在掙扎

我們醒在時代模糊的臉上
邊界頑強，躲不及
無盡的迷藏

——《創世紀》詩雜誌一四五期，二〇〇五年冬季號

穿越

我們穿越夢境
草原，河流，山坡以及教堂
周圍沒有，聲音

到達世界的邊緣
最後我們仍看到夢境，草原
河流，山坡
以及教堂
持續飄移洶湧，並且
不斷穿越

不斷穿越我們，周圍
沒有聲音
我們不斷穿越
穿越重複的
重複的（聲音沒有，周圍）
風景

——《笠》詩刊二四六期（二〇〇五年四月）

自己就能形成一座島嶼

風暴已過
內心的風景

塵土翻颺，砂礫迴繞
竟像陌生的飛鷹
自己就能形成
一座島嶼

飄飄忽然
有如大夢
一座深奧的山林

界線低迷，偶見四季
一雙孤獨安靜的島嶼就要飛行

語意旋滅
誦經之聲四起
海平面據此漂浮
流離，颯颯之秋就能干戈羽翼
深邃的視線
未及自己的幾分
之幾

專注於縫隙，大抵為了
證明，某些更為瑣碎之凝聚

更甚細緻之感情

在空洞裡
飽滿，某一種，焦灼思慮的原型
於是自己就要形成一座監獄
一組光明的刑具

風暴將至
無以為繼

雷鳴盪漾黑白游移
逆流的光
射傷，宇宙核心

我該如何穿越
或者綻放
朦朧的距離

飄飄忽然
有如大夢
一葉自足的行雲
猶見波浪之上
洶湧著彩色獨幕劇

——《幼獅文藝》（二〇〇三年二月號）

森林

城牆
隱形……
雲朵包裹
天空……
風與景
透明……
在落葉堆積的城市
文明蛀蝕為淺灰藍的筆記

封面是三分之一軟
硬殼，邊框呢喃兀自
河流
隱形……
我們仍在
森林……
專注
傳唱自己……
我們在森林遺失
彼此，以及
彼此互為交錯的時代

在記憶糾雜的城市
未命名的雨
不斷
流動……
不斷
淹沒……
來時
路……

——《台灣現代詩》第八期，二〇〇六年十二月

輯二　決心

池的決心

1.

天地寬闊無言
在諸多靜止之間
只印證
流動的鄉愁

2.

風雷驟起，從地平線開始
蒐集某些未知的謎底

3.

在這裡
想像是一種決心

更是一遭
苦澀的旅行

4.

沒有固定界線
某些名字
筆劃，次序，範圍，屬性
只存在心裡某個角落

5\.

海洋曾經遺失的
巨大的靈魂

6\.

整個世界都必須
依賴漂泊
才得以繼續

——二〇〇四年八月一日，聯合報・聯合副刊

草的決心

1.

風的光澤
是一段一段
神秘的語言

2.

世界像一波
一波海浪深邃
從沙灘望去

時光青藍
像纏綿擺盪的憂傷

3.

輕輕擺動
孤獨的釋義
像巨岩行走大漠
臨摹
風向的冷冽

4.

在飛行中
練習

成為另一款
山
水

5.

靜靜飛越
夢中的形狀
逐漸成為你想要的
天涯

——「二〇〇五高雄世界詩歌節」朗誦作品
——《聯合文學》二六四期，二〇〇六年十月號
——二〇〇七年年一月二十五日，世界日報．世界副刊轉載

夜的，決心

1.

在月光深處
模擬詩的靜謐
讓自己綻放
為一領語言的
薰衣

2.

黎明前

落葉們已經觸摸，已經思及

世界的原型

3.

在許多時空

完整保存

涼冷的

淚痕

4.

黑暗中一切其實都還醒著

當睡眠逐漸昇華

為一場流動的饗宴……

5.

不願抵達晨曦
不願看見
流浪的森林

——《聯合文學》二五四期，二〇〇五年十二月號

風的決心

1.

時間，承載著
時間已經很久
很久了

2.

在花蕊中思索
飛翔的形狀
光芒嶙峋，是山
是海，是陌生的鑲嵌

哪裡可以稱為視野
哪裡可以褪去晝夜

哪裡才是
蒼涼的心田

3.

許多抽象的
造句

漸漸構成世界
綿亙的命題

——《笠》詩刊二五九期（二〇〇七年六月）

輯三　便利貼

給庭宇

幸福是挑玩具
換電池，翻彩色圖畫書時
偷看你圓滾滾的大眼睛

幸福是睡醒
發現你還在夢鄉
小手，小腳，小嘴唇
乖巧且安靜

幸福是說話
給你聽，然後看你

咬合整個世界的諧音

——收入《幸福：石鼓詩》，高雄市政府文化局出版，二〇〇七年十二月

——台灣現代詩人協會「詩的對話：現代詩座談會」朗誦作品，二〇〇八年一月二十日

——收入《陪你回高雄》，高雄市政府文化局策畫出版，晨星出版集團編輯發行，二〇〇八年八月

——第九屆台北詩歌節「詩人之夜」朗誦作品，二〇〇八年十一月二十日

——收入《行走的詩——二〇〇八年第九屆台北詩歌節詩選》，台北市政府文化局發行，二〇〇八年十一月

——《台灣詩學．論壇》第十號（二〇一一年三月）

給庭宇 II

在海邊
鏟沙沙
美好而自足的神情
美好而自足的天氣
手上輪流換著
不同的工具
遠方
仍有浪……

一波
接著一波
一波接著
一波
輪流喚著
美好而自足的詩句

——《台灣詩學·論壇》第十號（二〇一〇年三月）

給庭宇Ⅲ

你的眼瞳
明亮而溫馴

像童話故事裡
那麼專注
閃爍的湖心

「我喜歡……喜歡
三隻……小豬……」

該怎麼向你

善良的心思說明：

大野狼

兇惡的壞心

是因為

故事需要

角色的關係

——《滿天星》六六期（二〇一〇年八月，秋季號）

給益多

從溫溫的爬
到慢慢搖晃步伐
到開心跑
跳……

你是一首生動甜美的童詩

——高雄市石鼓燈箱詩文作品（二〇〇九年十二月）

給益多II

你這麼小
坐在地上
凝神望著庭院
靜謐的綠意

你這麼小
爬著爬著
就繞過了沉默的
樓梯轉角

——《台灣詩學·論壇》第十號（二〇一〇年三月）

小王子——給益多Ⅲ

你的行星
必定種滿了
一種名為秩序的

玫瑰

沒有刺的
甜心
長在禮貌與溫暖的花園

——《台灣詩學．論壇》第十號（二〇一〇年三月）

便利貼

——記結婚七週年

餐桌上，那一冊讓風
靜靜翻閱的食譜彩色頁
指定曲經過調味
拌著糖與蜜的音階

筆電銀色面板
不見新細明體或標楷
只嵌了一張
輕盈娟秀的便利貼：

「愛，與歲月

都可以用來驗證
　質量不滅……」

小夜燈下，那一碗
溫熱的湯麵與七週年烘焙
馨香的甜點，彷彿是在紀念
七年前，神聖的今天

——《笠》詩刊二七八期（二〇一〇年八月）
——二〇一〇年九月五日，自由時報．自由副刊（D9版）
——台中市政府文化局「二〇一一詩人節：街角——遇見詩」
　活動書籤、明信片
——收入《詩人愛情社會學》（台北：釀出版，二〇一一年六
　月）
——風球詩社「第五屆大學巡迴集郵冊詩展」參展作品（二〇
　一一年十月～二〇一二年一月）

五月二十二日

此前，猶然清晰可以
細細細數……

那些年，你在台北羅斯福
我在台中民生路
對豐原與大里來說
這兩個非常新
也非常鮮的人，在充滿希望
與愛的兩座城市
幾乎每天，都在黏
都在貼

圖案相連的五元郵資
那些褪色的郵戳啊
已經非常、非常遙遠了……
對余光中來說，曾經是沉沉的
鄉愁，對我們而言
少年不識啊又何嘗不是

在五權路車棚我們
蹲看夜行的
車燈過往，如何權充
疾速緊貼地面，青春一樣的星宿
在靜謐無人的醉月湖畔
我們並肩長談，儘管模糊
輪廓不確定

卻充滿美麗想像的人生

十九歲的腳印
曾隱沒於中華夜市木瓜牛奶
香氣的濃郁
二十歲的胡椒粉
也曾輕勻撒在公館
霹靂啪啦
阿郎雞排長長的隊伍中

從校本部小福與小小福
到徐州路法學院，從教育心理學
到集中實習，從椰林大道
傅鐘二十一響的餘韻
雲雲雲出稿紙的灰階

聽見呂赫若
聲樂渾潤厚實
以及洪醒夫
還是司徒門時清麗的行吟

後來，故事切入米薩村
童話般六層奶油蛋糕
彷彿前世就預約好的婚宴
後來，高跟鞋悄悄換成
輕便的帆布白
為了德境之南黑森林
為了夢一樣的米拉貝爾花園
也為了鐵力士山
皚皚的稜框
明信片般開闊的雪景

當雙人床的岸邊
小泊了一船香香的搖籃
當庭宇從底迪晉級葛格
當益多也學會
以稚拳嫩掌緊握
閃亮的粉彩筆，繼續圈塗
歐薇莊園的圍籬

當生活的紛擾
與皺摺，一次一次
讓沉默的擁抱熨平……

當日常踏實不再 MV
不再浪花空踩不再淋雨
無目的，也不再奔馳

夢幻的海濱，當新聞主播介紹
八心八箭金價起伏
依然淡定，舀湯三五匙
鹹蛋苦瓜和飯吞

當偶像劇純愛主題歌
讓時間（無敵犀利魔術師
身兼知名製作人）
重新編曲，副歌酣暢了
對位的柴米油鹽……

當淚水與誓約
聖潔依舊，紅毯另一端
珍愛，依舊……

五月二十二日

註：時光荏苒倏忽霎霴，已婚十年，謹以此詩贈慧如。

——二〇一三年五月二十二日，自由時報．自由副刊（D7版）

輯四　如果還有明天

喝茶

萬里舒展
而為晴空
還記得
我曾是一朵
金色的雲

——二〇〇七年一月二十七日～二〇〇七年二月二十五日，
上雲藝術中心「茶禪一味」詩展作品
——《台灣現代詩》第十期，二〇〇七年六月

活著

其實一點也不
需要說明
就像
一場初雪
本
身

——《台灣現代詩》（二〇〇五年）

如果還有明天

1.

如果還有
明天

能飲熱咖啡
可蓋厚棉被

2.

如果沒有明天
就細聲的，說

再見
（讓再見成為
另一個
沉默的見解）

3.

「我們都有看不開的時候
總有冷落自己的舉動」

4.

一隻口能飲多少咖啡
一張床可蓋多重的被

大道理都先放一邊吧

玉語，金言，守則，詩籤

都暫時無關

如果還有明天……

註：引號內文字係〈如果還有明天〉歌詞（詞、曲：劉偉仁，演唱：薛岳）。〈如果還有明天〉亦有信樂團演唱的版本。

——第十一屆（二〇一一年）牯嶺街書香創意市集「心心宅急便・信換信」作品

——《台灣詩學・論壇》十四號（二〇一二年三月）

我們的島嶼

雨後的盆地
被沖洗刷洗

電視新聞重複了
那些事件的重複

洗淨了調色盤
山水潑墨

那些厚重卻新穎的
色塊堆疊彼此，染出彩虹
的漬印，晦澀的長句

我們的島嶼黑白雄渾
劇情角色前傳續集鳥獸蟲魚
都戴了
選舉的面具

我們的島嶼日夜加深
加廣加水加湯加熱也加辣
蒸煮至沸騰
（整個實驗室
　三萬六千瓶方公理
　歷史的溫度計
　含汞依舊）

我們的島嶼
圍牆，旗幟，口腔，血液

繼續膽光榮的標語

我們的島嶼
鞭炮吞銅噬鐵剛柔並濟
裱褙了人情
邪惡正義富貴赤貧
都可以燙金

我們的島嶼
高深莫名
小小午寐或深深長夜
都建議
別太清醒

——《台灣現代詩》第九期，二〇〇七年三月

那個黨，曾經支持

海鷗飛回來之後
夕陽仍近黃昏

我佇立岸上
觀看海浪
如何吞噬消波塊底下
沒有名字的碎花

天氣已經
變得無法定義

風雨中的呢喃
一再成為晦澀的長句
在這個
季節交替

我轉身背海
漸漸明白
另一批海鷗的猶豫

——《台灣現代詩》（二〇〇六年）

給W

政治的筆劃
依然晦澀著島嶼

一些誤讀
的發音

各色顏料依舊翻騰
不已，各款字型大小標題
依然淹過
新聞整點的岬岸

天氣依然
模模糊糊
心裡的憾恨
依舊清清楚楚

——《笠》詩刊二五六期（二〇〇六年十二月）

棄械

——關於詩的晦澀

作業困難十分
我已棄械，已經決定

逃跑。我終於明白
偷偷投降也不會有人知道

生字十分有理
他們說，那叫游離
終於說服了山巔的崢
與嶸，一起扮成
神仙的頭角

意象如霧
如洗，如韭菜大麵羹
也如山嵐的虛胖

課文既孤且獨
我曾努力攀爬泅泳
塔尖的蜃樓

一字一字一句一句一段一段
一漬一漬一鋸一鋸一斷一斷

題意又偏還僻
迷藏繼續桌頭
比干繼續童乩

夢裡夢外
都不承認
夢這個字

——二〇〇四年九月十七日，中央日報．中央副刊

歌唱比賽

——關於：文學獎

這是他的場次。
經過報名
他就要開始演唱了：

「那一個沁涼的盛夏
　我們乘坐
　　年輕的帆船
　　　在蔚藍的海洋尋找
　　夢中的燈塔」

比賽進行中
他不能中斷接下來的旋律：

「愛情的天色
　夢幻的沙灘
　哦，嗚，地平線就要
就要漂浮」

最後一段了
他彷彿看見評審
希望他唱出：

「濱海小鎮
日光燦爛
　哦嗚，整個世界就要
就要溶解我們」

——《笠》詩刊二五三期（二〇〇六年六月）

耳語

歷史似乎已經冷卻了
寂靜的天色

戰後出生的導遊
在擁擠的古城，帶領著
彷彿是時間的隊伍

在太陽底下繼續
調整帽緣
或劉海，繼續定格半身
或全身，繼續議論

價錢或天氣
繼續保持拱門或磚牆
盡可能的新鮮
而那些更新鮮的
紀念品
仍在沸騰
無聲的耳語……

——二〇一〇年九月五日，自由時報．自由副刊（D9版）
——二〇一一年六月六日，詩人節「街角，遇見詩」新詩朗誦會朗誦作品

就在街角那一具無聲的電話前

——給C

湧動著夜
神秘的氣流

高中男生等在年輕的
街角，像一場電影
深情約定，高中女生的應答
每個發音雪在燒
燒成燙呼呼的字幕——

迴盪在街角聆聽的電話前
不安的聲波縱浪自己

徬徨的星星只讓那幾班
舊公車盤點

月光穿上制服
閃亮的椅背照見我們
花瓣裡慢舞，聽我們輕哼
當作抄錄，流行歌或一首詩
車窗如何飛瀑

就在街角那一具無聲的電話前
我向妳傾吐
日記新穎的錯字夢幻的
頁數，銅板零散讀秒倒數
生活的哀愁喜怒

電話有無接通，明日是否相見
記憶中的天候已經
悄悄改變；有心或偶然
經過街角那一具無聲的電話前
手裡有時還有零錢

曾經青春的車站
如夢的台階，妳是否還記得
票根微微泛黃的期限

——《台灣詩學．論壇》第二號（二〇〇六年三月）
——收入《小情書》（台中：靜宜大學台灣文學系，
二〇一一年五月）

愛麗絲不會

——給S

這個殘破卻誘人的世界
像梔子花的囈語
分不清誰是誰濃郁的體質
誰是誰昨日的今朝
誰是誰的夢
幻誰是誰的倒影

愛麗絲不會
在夢裡急著醒來

儘管暴風雨已經獨自完成

所有虛擬的路徑

愛麗絲不會拒絕華麗的
冒險，這個鄙陋而微糖的世界
像一場，安靜的淺眠

愛麗絲不想區分黎明黑夜
訴不盡世事纏綿

愛麗絲不會
出走璀璨邊界

——《創世紀》詩雜誌一四九期，二〇〇六年冬季號

直到遇見了

1.

他一直走
在陌生的曠野
高山與流水一樣迷醉
記憶和空氣一樣稀薄

直到遇見了
低海拔
也很好相處的她

2.

他一直走
在有時陽光盛放
有時陰雨霏霏的曲徑
霧在奔騰
山嵐時隱時現

直到遇見了
虹影中
擁有笑容靦腆的他

3.

她一直走
在沒有紅綠燈迷濛閃爍的

光暈橘黃街口
人車都要慢下來
慢下來，直到遇見了

總是在心裡
默默讀秒的她

註：此詩原題為〈愛要，誠實〉。

——《笠》詩刊二五三期（二〇〇六年六月）

悔情書

當飛鳥帶來你的消息
我已蒼老，翻不動字典
裡頭關於愛的釋義

整個冬季
我默唸曾經跋扈的字跡
盤點星夜燦爛
那些不規則的光點

我已遣不動筆
那重量多麼抽象

多麼健忘，我曾經多麼
懷疑，它們如何
旋起整座世界的遺跡

如何描繪這一生
安靜的風景

日落盡頭銀閃閃的海
也漸漸看不清
你離去的表情

——《創世紀》詩雜誌一四四期，二〇〇五年秋季號
——收入《小情書》（台中：靜宜大學台灣文學系，
二〇一一年五月）

妳的出現

妳的出現是神話
早於整個世界的存在
與夢的先驗

早於我因寂寞而流淚的歷史
妳的出現
是沒有跡象的寓言

預言了獨角獸
閃耀的緘默

妳的出現是時間自身
猶原雲霓
街與燈
猶原風微而流蘇
（天使魔鬼都在
臨摹對方）
天地玄黃宇宙洪荒
正午的驕陽（多麼像妳的
出現）竟然
濃郁芬芳
日月盈昃辰宿列張
星夜的邊幅慢慢閉上眼

緩緩收攏

犄角，專注的餘光

——《乾坤》詩刊四六期（二〇〇八年四月）

——收入《小情書》（台中：靜宜大學台灣文學系，二〇一一年五月）

輯五　淨土宗

夜宿北關（宜蘭系列）

星斗蹲踞
濱海的山區
夜晚遂有了山的夢枕
海的鼾聲

蘭陽地圖被我收在深深的
藍色背包裡

此大里與台中的大里
因此折讓出
天涯的仰角

——《文學台灣》七五期（二〇一〇年七月，秋季號）

遠眺龜山島（宜蘭系列）

此時，海
如此靜謐

遠處更幽渺的
島，彷彿就是想像本身

在頭城遠眺
神龜的沉默
我們的談話就這樣
盈盈扣著
整座太平洋：

藍夢磺煙，朝日巉壁
戴帽擺尾湧上流……

我們的視線就這樣
靛成一隅
方寸的漸層

註：龜山島聞名的「龜山八景」為：龜山朝日、神龜戴帽、神龜擺尾、龜島磺煙、龜岩巉壁、龜卵傳奇、眼鏡洞鐘乳石以及海底溫泉湧上流。

——《文學台灣》七五期（二〇一〇年七月，秋季號）

金面大觀（宜蘭系列）

文明氤氳縹緲，世界仍持續
攀爬，追索

隱隱然神秘的離心力。離心力是
雲的系譜，天上的河，及其眾支流
離心力是世間經文微音
彼此洗盪互為顛峰，拔高與墜降
旋轉為海的沉默；海平面轉啊，轉啊
轉啊就回到家了：童趣
老邁，都在這裡

註：北宜公路鑿通於一九〇〇年（明治三十三年），盤旋於大、小金面山，至最高點的石牌（後人稱立碑處為「石牌」），碑上曾刻有「湖底嶺開路碑」，篆額「平塹雲開」）。共計九彎十八拐。登此觀景，在晴空萬里之際，則大洋龜嶼，盪胸豁目，蘭陽平原，盡入眼中；若遇雨霧漫天，即令人產生一股屬於蘭陽特有的氤氳與縹緲感受。由於景觀氣勢萬千，一九五四年，被選定為「新蘭陽八景」。（文字介紹節錄自宜蘭縣政府全球資訊網：http://www.e-land.gov.tw/）

——《文學台灣》七五期（二〇一〇年七月，秋季號）

星夜入味後（宜蘭系列）

天色逐漸礁溪
逐漸浸染為入味的星
與夜……

餘溫，是多麼繁複的愛
愛，是多麼繁複的餘溫

這個世界擁有如此華麗的層次
而這個世界竟然擁有如此華麗的層次

——二〇一二年六月十五日，聯合報・聯合副刊（D3版）
——二〇一二年七月七日，世界日報・世界副刊轉載

時潮賞鳥（宜蘭系列）

遠方是山
近處有田

你們在水邊
流動著世界的倒影

無需透過科學的
倍率，就能望見

在五節芒後面
你們梳理了時光的呼吸

我的呼吸
也跟著安定下來

你們在水邊
就是有了羽翼的我
你們就是有了羽翼
更放心的我們

——人間福報・副刊(十五版)二〇一三年一月十六日

跑馬（宜蘭系列）

從山區穿越森林穿越溪谷
穿越不斷流逝的時光穿越
古典的地形穿越星圖朦朧

路途日夜交接被踩踏成為
生活的馬蹄鐵被風景羅列
成為蘭陽平原蜿蜒的血緣

註：跑馬古道位於新北市烏來區與宜蘭縣頭城鎮、礁溪鄉的交界處，係「淡蘭古道」支線之一。清光緒年間，先人逐步利用新北市新店溪與礁溪猴洞坑溪的河谷，闢出一條較短的便道，人稱「淡蘭便道」。淡

蘭便道為清末蘭陽地區對外主要交通幹道。

蘭陽平原因三面環山，交通不便，致開發較晚；開蘭之初，在吳沙的帶領下，循草嶺古道前進宜蘭，往來台北盆地須由頭城經草嶺古道再繞雙溪、基隆河谷，才能抵達台北、淡水，路途甚遠。

跑馬古道修於清光緒年間，先民常利用古道搬運木材，在路上置圓木枕，上托木馬搬運，有「木馬路」之稱。跑馬古道可從五峰旗牌樓往上攀爬，亦可從北宜公路上新花園旁緩步下山；沿途可以遠眺龜山島與蘭陽平原風光，夜間可以欣賞礁溪市區夜景。（跑馬古道資料，詳參宜蘭縣政府工商旅遊處網頁 http://bt.e-land.gov.tw/releaseRedirect.do?unitID=104&pageID=3435）

——人間福報・副刊（十五版）二〇一四年二月二十一日

上將（宜蘭系列）

戍守蘭陽
多端飄搖的
風雨

上將運籌
帷幄三星

雲跡淼淼
水氣泱泱

醞釀了

一場嗜甜的戰事

註：上將軍階為三顆星，宜蘭縣三星鄉的高接梨因而被稱為「上將梨」。宜蘭地區雨量（水氣）充沛，遂形成上將梨汁多、心細、口感香脆的特色；上將梨甜度常介於十二至十四度間，每年七至八月為採收期。

——人間福報・副刊（十五版）二〇一四年二月二十一日

在關渡

——記一場友誼的複數

社會上的星火
太曲折，我們於是席地
倚坐，讓晚風拂過
單純的夢，草葉也跟著
搖擺，地球繼續旋轉

這樣的空氣，這樣的距離
也只能變成美麗的記憶

世界繼續圍攏
繞圈，地球人的笑話

在關渡起了小小的
美好的作用

我們談論種種神秘的
光暈，如何映入
詩的擾流板，我們好奇
心底冗長的對白
如何搗磨
青春蒼白的蒜苗

我們借用了那一窟
虛幻的池塘
洗鍊升學的蛙鳴，妄想一次
就僅只一次的小小的
美好的飛行

天空太開闊
我們於是慢慢墜落
那些笑語仍盤旋，仍搜索
仍嬉遊……
不介意抖落的銀片
與亮粉，如何折射
生活的光圈

在關渡，我們認為
這將是流星
唯一的家園

——二〇〇四年三月八日，中央日報・中央副刊

七星山

構成台地陡崖
嶺頭走勢
岩漿斡之旋之
烈之炯之
天聽的象形
流動的轉注
忘卻北斗
夜空多折的繁複

讓熔岩繾綣
時光的容顏

——《笠》詩刊二四六期（二〇〇五年四月）

鼓浪嶼記行

繆斯依然鼓浪
許多海的意象
在詩歌節[1]
與光明美麗的小嶼

鼓浪嶼的朋友
對我說：與陸地深情相連的
是半島，在海中獨立思索的
是島，比島更為細緻精巧的
就是嶼了

在這個光明美麗的小嶼
我聽見日光岩
繼續臨摹時間的浩蕩
繼續彈奏海上的花園
將自己立為
一尊虔敬的鋼琴[2]

在這個光明美麗的小嶼
風景錯落於鞋帶的漫步
草圖是林語堂故居[3]
比例涵蓋八角樓
皓月園，色澤映照了
海上的時光
肅穆的霜，雨，雪……

至於落款
鄭成功[4]已經按捺了
波濤的大印

在這個光明美麗的小嶼
泉州路，漳州路，福州路……
都接攏了
中華路鏗鏘的地磚
田尾路，鹿礁路，雞山路……
都能聞到黃金香肉鬆
入口的餘溫

繆斯依然眷顧
詩行拍岸的行跡
天與地持續

吟詠彼此
我對鼓浪嶼的朋友
信上說：與陸地敞懷相擁的
是蔚藍的海洋
在紙張摩娑與鍵盤敲發的
潮汐裡，有詩漂流
無止盡，有鋼琴島
琮琮琤琤的回聲……

註1：此指第四屆鼓浪嶼詩歌節，二〇〇九年十一月十三日～十一月十六日，共計四天。

註2：廈門市的「鼓浪嶼」素有「海上花園」美譽，又稱「鋼琴島」，一萬餘人的小島上擁有約五百台鋼琴，據說鋼琴密度世界第一。島上有一百多個音樂世家，造就了鼓浪嶼優良的音樂傳統；鼓浪嶼的

「鋼琴博物館」落成於二〇〇〇年，其中收藏了世界最早的四角鋼琴，以及最早、最大的立式鋼琴。二〇〇二年，鼓浪嶼被中國音樂家協會命名為「音樂之島」。

註3：「林語堂故居」位於漳州路四十四號，英式風格別墅。

註4：「鄭成功紀念館」（西林別墅）位於日光岩附近，升旗山外海也矗立著鄭成功的巨型塑像，在廈門輪渡碼頭就可看見。

——《創世紀》詩雜誌一六七期，二〇一一年夏季號

輯六　練習曲

吳宇森

槍聲響起
之後，是花園
晦澀的香氣

（世界停格
　花火熒熒丁丁）

重複的，街燈
重複的重複的
街燈迷茫

英雄曾在陰暗的森林
留下光明的傷疤

（鴿群驟起
死與生
模糊的振幅

翅羽聖潔
卻也無法吟誦長篇的
禱辭）

群樹扣響沉默的板機
彈道綻裂荒野
荒野如歌，歌如舞
舞如晚霞晚霞如蜿如蜒

嫣嫣染渲
漸層的天涯

——《笠》詩刊二六〇期（二〇〇七年八月）

有一天忽然沉默下來

有一天忽然
沉默下來
像夜裡暗湧的海

仍不忘持續
蠕過沙灘，足印的
憂懷

有一天忽然
沉默下來，像山嵐
無蹤無影無罣礙

不清楚怎麼虛掩了
時光的巨岩

有一天忽然沉默下來
像一片落葉終於回到森林
安靜的角落

才明白
晨光裡露珠的夢
是為了不知名的
小草而作

註：此詩原題為〈我們〉。

——《創世紀》詩雜誌一四四期，二〇〇五年秋季號

影帝

——在台北「豪華」大戲院聽隱地先生演講

有一個文藝青年其實
體力很好，他跑去戲院親身演繹：「星期一之後
總是星期二」的定律
然後，在星期三四五六日繼續定時
定點喝咖啡，聽音樂，看電影

有一個文藝青年其實，已經是一個影帝
在他自己的銀幕，扮演及物不及物的角色
例如穿桃紅襯衫的男子，風中陀螺
三月的春花，甚至是一段多情燦爛的方塊舞
影帝說：「電影，是我的大學。」

影評人協會已經通過
向蚊子致敬的方法，他們在一天裡的戲碼
發現法式裸睡的好處，在影帝自編自導自演的
對白，瞥見語言，運鏡如詩

有一個文藝青年其實，只是一個幻想的男子
幻想世界上出現以人命名的書屋
幻想光在黑暗中寫詩，幻想我是瓶
幻想液體飛翔，幻想眼睛坐火車
幻想是一隻不需講究協調的獨角龍

有一個文藝青年其實
已經是一個詩人，他用歲月
分行大美的天地，以心筆記
人世圓缺，思緒陰晴，咖啡有時候不小心

涼了，音樂有時候暫歇
他依然為了一首詩神秘的韻腳
唧唧復唧唧，行行重行行……

——《幼獅文藝》（二〇〇四年八月）

生活的遺址

——讀辛鬱〈日曆紙〉

那些層層疊疊
曲折的內裡……
彷彿靜靜流徙的
文明（而不僅僅只是
一些數字）

彷彿不斷
被消滅的生活
的遺址：

那一葉
這一頁
那一曆
這一咽
那一夜
這一謁
那一黦
這一業
……
……

——《創世紀》詩雜誌一六五期（二〇一〇年十二月）

隨風而去

——讀辛鬱〈一片樹葉的一個故事〉

像一朵雲
原本
應該隨風而去
天空仍是天空
大海依然濤湧
一座花園的悲
或喜，依然牽繫
心裡的四季

留下來
也不是自己
能夠決定

——《創世紀》詩雜誌一六五期(二〇一〇年十二月)

不能說的秘密

——贈y與w

我們在市區
燦爛的車河泅泳
追蹤，以及接送彼此
悲傷的
暗語

沒有誰
是獨自站在岸邊
或是滷味攤前

夜幕君臨整條淡水的街

那一個古老的琴房
消失以前，我們輪流開啟
以及關上
時光的車門

「城市一片漆黑
誰都不能，看見誰」

當溫泉撫過鏡中
厚重的琴鍵
這個充滿泡沫的世界
就變成一句流動的笑靨

（寂寞是
被原諒的罪……）

世界是如此大的
包廂，以致於我們
一直找不到
回台中的路燈

註：詩中引號與括弧內之句，引自陳家麗作詞、黃大煒作曲〈讓每個人都心碎〉。

——《幼獅文藝》六五三期，二〇〇八年五月號

鼓手

——懷念陳千武

那疊詩抄
曾被埋在陰暗糾葛的密林

你是時間
遴選的
痛愛生命的鼓手

那些寂寞的
心聲，至今仍在
遙遠飄渺的山谷
兀自迴響

那些現實裡的
蜘蛛絲，仍在時代的
筋斗當中，纏繞
鼓聲的奏點

你是時間
遴選的
不眠的鼓手……

——原載《台灣現代詩》十一期（二〇〇七年九月），副標為：「向陳千武致意」。
——二〇一二年六月四日，二修
——二〇一二年六月八日，三修
——《笠》二九〇期「陳千武紀念專輯」（二〇一二年八月）

——收入《永遠的懷念，時代的鼓手——陳千武紀念文集》（南投市：南投縣政府文化局，二〇一四年五月）

——二〇一八年十月八日，四修

遙遠的催眠

——懷念商禽

商禽：「我判定自己是一個『快樂想像缺乏症』的患者。」

那麼沉的病，與痛
一直嵌在血與肉裡頭
融為生活……
兌換肅穆的思索

那麼苦的筆劃
一直刻在語言深處的
心版，歪斜扭曲
變形，反省……

那麼安靜的文字
部首是一九三〇的巡場
讀音是陌生的故鄉
生命是一連串隱晦的歧義：

一是風聲呼號
流離奏鳴
顛沛了時代的謎題

二是暴雨氾濫的
夢境，上半生劫洗
下半輩子

三是逃是跑是倉惶漆黑
遙遠的路，重疊的人聲平平仄

仄仄平，半生抑揚
半身頓挫，只留下標點
與文字，讓槍托砲彈叶韻

那麼重的詩集
必須用腳或者黎明
才可以思想，才可以翻閱
時代那麼厚的烏雲
才可以想起一九五〇那麼年輕的
航行，那麼蒼茫的孤星

那麼現代派的木槳
曾經划出那麼米羅的水痕
那麼超現實的長短句
不斷洶湧疾漩

在許多寂寞與喧囂的夜晚
在許多動物植物沉思，走動
交談與狂歡的柵欄

在衡陽路的台北一九六〇
然後，一九七〇的雪落下來
在遙遠的異國與城邦
然後，一九八〇的配料灑下來
和成蘸醬，也熬成時光
繁複的大骨湯
然後，一九九〇的編輯臺
落版單依舊
拓著月印的豐饒與光禿

那麼斟酌的

語氣，那麼苦澀的修辭
一直鑲在皮與骨
「黑綠的草原
　無處不是星色的露」
就讓詩裡的呢喃
無處不是流動的意象
就讓人生無時不是
遙遠的催眠……

附記：

　在台灣，寫詩的人誰沒讀過商禽？上個世紀九〇年代中期，於台中師範學院求學的我，也蒐羅珍藏商禽的詩集。

　回想起來，《用腳思想》是我閱讀商禽之始，印象之深，也包括了詩人親筆的素描；其後，再買入《夢或者黎明及其他》，而詩人最早出版的《夢或者黎明》（一九六九）則因流通於書市的數量稀有，是我最後才找到、購得的珍品。

九〇年代之後，《商禽．世紀詩選》（二〇〇〇）由於收入了詩人多首未曾結集出版的詩作，身為忠實讀者，理所當然，也在收集之列。至於瑞典文版的《冷藏的火把》（也有英文版）以及法文版的《哀傷之鳥》，我僅只聞其名，未能親讀。

我與商禽曾見面數次，唯皆談話不多；或許是因為年齡差距、世代隔閡，或許是因為老先生與我似乎都不是健談的人，或許是因為面對心目中的名詩人，讀者身份讓我不知道要與偶像明星說些什麼吧。

印象較深的一次是在台灣師範大學，新世紀前後那幾年吧，在某研討會茶點時間有幸與詩人交談，問了大約像是「如何寫散文詩」此類身為粉（fan）的標準題。詩人態度和藹，回答緩慢卻頗清晰，記得大概是「放開寫，都可以。」之類的意見。意賅言簡，果真詩人。

謹以此詩，向「快樂想像缺乏症」的詩人致意。

——《台灣詩學．論壇》十一號（二〇一〇年九月）

練習曲

——聽王文興談《家變》

像白雲梳過
時間的灘頭

像蕭邦練習曲
首章，你說
即是松鼠的大尾
包捲一切
灰色的和諧

行行重行行
不斷追尋，重複的

音階

動境之後
「圍籬是間疏的竹竿
透視一座生滿稗子草穗的園子」

靜境幽烏
像蜘蛛網絡的終章

這調性，像一隻新鋼琴
內心的家變

——二〇一一年六月二十二日，自由時報・自由副刊（D11版）

【後記】

我時常想起

1.

我時常想起，如何開始對詩，產生興趣。

仔細釐清一些事情發生的先後順序之後，我認為是這樣的：當我在學生時代發現有一個「文字的世界」，竟然似乎是那樣大大的、遠遠的、靜靜的卻也狠狠的甚且許多時候彷若是決絕的不同於「生活的世界」時，我便隱約明白了，文字的世界，應該可以是一個接納我，進而收納我的地方。

當然，必須是時間漸漸推移到比較後來的時候，我才更清楚知道，文字的世界於我而言，已濃縮，結晶成為「詩」的借代；此外，我也更清楚感受到，文字的世界如何在接納了我以及我的情緒、思維之後，進一步也收納了我的人生。

2. 我時常想起，我是如何，讓詩，保全了原本可能被這個生活的世界淺咬深嚙、輕撕重扯的身心。

3. 我時常想起人生無根蒂，飄如陌上塵。也時常感到分散逐風轉，此已非常身。不重來的，不只是盛年；難再的，也非僅一晨一日。

我時常想起我是如何因為詩，而在這個可怖多憂的生活的世界裡，不只一次，變得勇敢。不只一次，變得自信，變得堅定。

4.

前述三節文字，係摘自二〇一六年我獲頒「二〇一五年度詩獎」的得獎感言；「年度詩獎」是由《臺灣詩選》編輯委員會主動頒贈的獎項，每年一個名額（曾有幾屆是兩名），至今已二十六屆（1992-）。這是寫詩二十餘年來一個相當重要的肯定。獲獎前，獲獎後，我時常想起的，想到的，依然是，我如何因為詩，而在這個可怖多憂的生活的世界裡，不只一次變得自信，變得堅定。

不只一次，變得勇敢。

而無論是在「文字的世界」抑或「生活的世界」裡，愛與寂寥，總是不斷發生。每日每日，我不斷穿梭生活的世界與文字的世界，在路上，在對話裡，在沉思或放空裡，在電腦前，在客廳，在一部電影裡，在超級市場，在旅途，在書裡，在車上，在一首歌裡，在教室，在詩或一支MV裡，在床上，在夢中，在如夢的生活裡……，有時一個人，有時兩人，有時很多人，愛與寂寥都曾經熱切而真實的發聲，不一定哪個好，哪個壞，他們就只是，悲切而嫻熟的，發生。

5.

最近聽到旺福一首歌，說愛就是用同一支鑰匙，愛就是陪你拔牙齒，愛是早上的豆漿，愛是五月的荔枝。

那麼，寂寥是什麼？愛以外的物件，愛以外的時間，愛以外的存在，就是寂寥了嗎？愛與寂寥有正負或得失嗎？是截然的趨向或走避嗎？

愛與寂寥有時都是美好的，有時卻同樣沉重。有些時候，愛與寂寥輪番現身，依隨著我們自己也不知道的時序，前後左右，與我們節節奏奏攪拌在一起；然而有些時候，即使是在愛的進行式裡，竟也同時摻了寂寥的成分，他們一道，詮釋了生活，他們共同，調味了人生。

他們同時，讓我們知道：有些過程就是直接發生，沒有也不會有疑義的空間，以及時間。

6.

這本詩集收錄的作品，近則這幾年，遠也有不少十餘年前發表的，時間上與《人生是電動玩具》、《給世界的筆記》多有疊合，他們都是我寫詩這些年來生活中呼吸裡的微觀，也可能是想像中的鉅視，或生活的切片，切片裡的幽思，幽思裡的雜訊，甚而雜訊裡的心事。他們不斷展延不斷流淌也不斷質變，直到拓為豐饒的月暈，成為心的一隅，任何可能的天氣。

這是我的第八冊詩集，滄桑幸福，陰晴盈虛，若隱亦若現。愛與寂寥都曾經，熱切而真實的發聲。愛與寂寥一直是神秘的星球，潮汐著生活軌繞著歧義，或悅耳平和，或肅穆淡然，都是無盡華麗的發音。

愛與寂寥都曾經發生。悲切而嫻熟的發生。

國家圖書館出版品預行編目（CIP）資料

愛與寂寥都曾經發生 / 李長青著 . -- 初版 . --
新北市 : 斑馬線 , 2019.01
面；　公分

ISBN 978-986-97308-1-5（平裝）

851.486　　107023144

愛與寂寥都曾經發生

作　　者：李長青
主　　編：施榮華
封面設計：MAX

發 行 人：張仰賢
社　　長：許　赫
總　　監：林群盛
主　　編：施榮華
出 版 者：斑馬線文庫有限公司
法律顧問：林仟雯律師

贊助單位：國家文化藝術基金會 National Culture and Arts Foundation NCAF

斑馬線文庫
通訊地址：新北市中和景平路 101 號二樓
連絡電話：0922542983

製版印刷：龍虎電腦排版股份有限公司
出版日期：2019 年 1 月
ISBN：978-986-97308-1-5
定　　價：280 元